疼痛

赵丽宏 著

图书在版编目(CIP)数据

疼痛 / 赵丽宏著 .—北京：人民文学出版社，2016
ISBN 978-7-02-011636-2

Ⅰ.①疼… Ⅱ.①赵… Ⅲ.①诗集—中国—当代 Ⅳ.① I227

中国版本图书馆 CIP 数据核字（2016）第 096393 号

策划编辑　包兰英
责任编辑　徐广琴
装帧设计　陶　雷
责任印制　苏文强

出版发行　人民文学出版社
社　　址　北京市朝内大街 166 号
邮政编码　100705
网　　址　http://www.rw-cn.com

印　　刷　北京千鹤印刷有限公司
经　　销　全国新华书店等

字　　数　22 千字
开　　本　710 毫米 ×1000 毫米　1/16
印　　张　9　插页 4
印　　数　5001—6000
版　　次　2016 年 10 月北京第 1 版
印　　次　2019 年 2 月第 2 次印刷

书　　号　978-7-02-011636-2
定　　价　66.00 元

如有印装质量问题，请与本社图书销售中心调换。电话：010-65233595

01	门
04	冷
06	凝视
08	X 光片
10	暗物质
16	疤痕
19	灵魂出窍
23	重叠
25	手机和网
29	路上的爱虫
31	发丝
33	指纹
37	指甲
40	梦的颜色
43	预感
45	声带
47	泪腺
49	遗物
51	期待
53	访问梦境的故人
59	联想
61	箫
63	肺叶
65	耳膜
68	眼睑
69	永恒
71	我的影子

目录

74　逆旅在岁月之河
　　77　一道光
80　变身
　　83　时间之箭
85　疼痛
　　87　僭越
89　移植
　　91　琴键
94　我想忘记
　　97　晨昏的交汇
99　想起死亡
　　103　风暴
105　迷路
　　109　飞
111　潜泳
　　113　同时走进三个空间
115　文字
　　117　梦中去了哪里
120　脊梁
　　122　舌
125　脚掌和路
　　128　活着
131　我的座椅
　　133　痛苦是基石

目录

01 —— 门
04 —— 冷
06 —— 蟋蟀
08 —— X光片
10 —— 博物馆
16 —— 泡沫
19 —— 泛滥出没
23 —— 重叠
25 —— 手机和网
29 —— 晚上的签串
31 —— 失色
33 —— 报仇
37 —— 找申
40 —— 你的颜色
43 —— 预感
45 —— 再借
47 —— 划破
49 —— 废物
51 —— 蚂蚁
53 —— 为们等硬的战人
59 —— 床铺
61 —— 醒
63 —— 抽卡
65 —— 甘蔗
68 —— 眼睛
69 —— 水电
71 —— 我的影子

74 逃跑在今日之间
77 一滴水
80 迷宫
83 时间之筛
85 落魂
87 情欲
89 拐棍
91 琴键
94 我醒后忘记
97 延长的死亡
99 他起身死亡
103 风暴
105 迷路
109 飞
111 燃烧
113 回到我飞三个夜间
115 又一
117 梦中来了啸雷
120 我想
122 呆
125 喇叭和路
128 衣裳
131 我的座椅
133 她永是羞花

门

在路上

遇到一扇又一扇紧闭的门

有时轻轻一推

门就豁然洞开

有时大声敲击

门才露出一丝缝隙

有的门不叩自开

我的足音就是钥匙

有的门锁上加锁

封闭如千年古墙

门槛总是看不见

是脚下暗藏的羁绊

有时能随意跨越

有时被重重绊倒

摔倒在门边时

门里会发出呼唤

走进来吧

如果外面是黑夜

门里可能有光亮

如果外面有风雨

门里可能是晴天

又一次

我站在门口

门在发问

你敢走进来吗

门里的世界

也许是天堂

也许是地狱

2016年1月

冷

声音刚出口

就凝成雪片

纷纷扬扬飘散于沉寂

呼出气息

化成固体的霜雾

在寒风中碎裂

流泪瞬间成冰

视野模糊

满目彻骨的晶莹

05 —— pain

寒气如刀如针

割破皮袄穿透衣衫

刺戳颤抖的肌肤

即便引火自燃

火舌也会封冻

定格成红色冰凌

2016年2月

凝视

无形的光

从不同的瞳仁里射出来

凝集在某一点

没有亮度和声息

却有神奇的能量

冷峻时

如同结冰的风

可以使血液凝成霜雪

灼热时

可以使寒酷的表情

熔化成岩浆

烧灼成火焰

四面八方的聚焦

能穿透铜墙铁壁

让被注视者

找不到藏身之地

2016年2月

X 光片

光束无形

穿透肌肤

越过骨骼

攀缘每一根血管

检索每一个神经

只听见轻微的声响

如神手叩门

是光的指痕

光的触摸

瞬间弥漫我的身心

一张透明的胶片

在灯下显形

灵肉的秘密

黑黑白白

定格于斑斓光影

睁大眼睛

让瞳孔融化于胶片

却看不透黑白世界

蠕动的腑脏已冰封

温热的鲜血已凝滞

医生说

这是你最真实的留影

09 pain

2016 年 2 月 18 日

暗物质

1

每一寸空间

都飞舞着看不见的生灵

引导我,阻挡我

打击我,缠绕我

赞美我,嘲笑我

可是,我毫无感觉

2

逆光行走时

光变得有了质量

从背后推我向前

永远追不上光的速度

却能感觉它

神奇的推力

3

在高空突然收敛翅膀

失重的身体如箭矢

向下坠落

是撞向坚硬的岩石

还是投奔温柔的湖波

4

目标在视野中模糊时

依然无法停止

奔跑的脚步

目光迷茫

求助于耳膜

仔细辨听迎面来风

风说：留心脚下吧

地上有看不见的裂缝

5

你们隐匿在虚无中

是在编织

一个永不兑现的谎言

还是正伺机

造出惊天动地的奇景

6

流星划过夜空

黑暗中灼烧的瞬间

是生灵划破了黑洞

还是黑洞吞噬了生灵

7

没有比黑暗更深的光色

所有的色彩和光影

都在它的深沉中隐没

即便是异想天开

也无法将它稀释

8

静默中

有听不见的嘶喊

炸裂声穿越高墙

却音迹杳然

外套沉寂

包裹沸腾的心

不让任何人谛听

9

我看不透这世界

世界也无法看透我

X光可以射穿肌骨

伽马刀可以切割脏腑

却难以捕获

自由自在的游思

在天地间闲逛

10

绝望时挥手

掌握的却是虚无

空中找不到着力之点

疾风如刀

从十指间划过

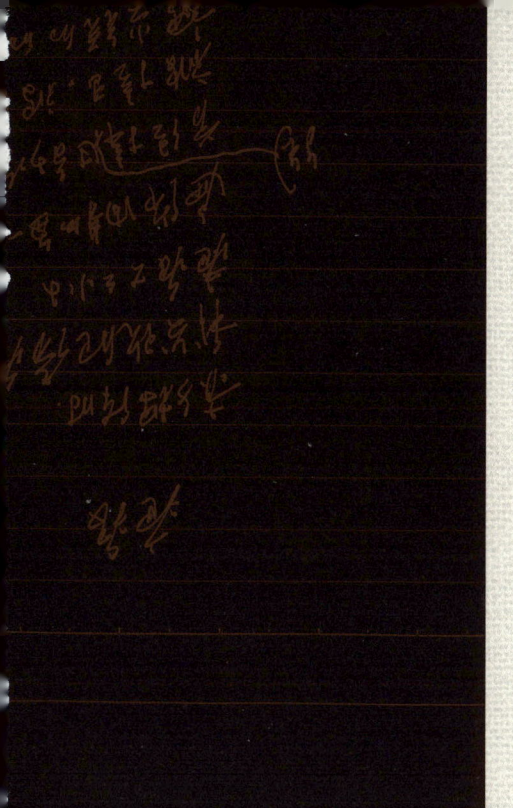

泡沫

永生难忘的
我爱我自己的童年啊
久久小小的海滩
海边的每一个浪花

世界闭上了眼睛
黑夜降临
沉睡的只是躯壳
有人在思考
有鸟在飞
无数瞳孔在黎明中睁大
痴心等待
15 / pálu
世界苏醒

2016 年初春

曾经摔跌过多少次

被撞击，被撕扯

尖锐的利器

粗钝的砖石

划过不加设防的肌肤

鲜血如花在我身上绽放

炫目的红

苦痛的红

红光中天地混沌

视野里一片昏黑

                              花，凋零于瞬间

                              疤痕是落花后的果实

                              遍体鳞伤的果实

                              蕴藏着多少秘密

                              是忧心忡忡的眼睛

                              是无微不至的隐痛

                              每一处疤痕中

                              都会生出扑动的羽翼

把我托举成轻盈的鸟

去追寻流失的时光

重访曾经年轻的生命

2015年1月4日

灵魂出窍

灵魂和肉身有时会分离

那便是灵魂出窍

灵魂飞出肉身在空中游荡

却依然未获自由

游荡中的灵魂

想念着曾经寄附的肉身

但是已经无法回去

那就变成一只鸟吧

停在枝头

看肉身在路上匆匆行走

我就是那只停在树上的

我的灵魂

好奇地看着另一个

正在地上行走的

我的肉身

在奔跑，在舞蹈

在人群中东张西望

在屋子里低头发呆

……

树上的我和地上的我

近在咫尺

却天涯两隔

我的灵魂不知道

我的肉身在想什么

不知道去向何方

肉身抬头仰望

却看不见灵魂

只有几片枯叶在风中颤抖

我在哪里呢

我在哪里

出窍的灵魂

也可以变成一面镜子

让肉身在镜子里显形

我就是那面荧光闪烁的

我的灵魂

伫立在床前等候

我的肉身

在镜子里显形

忽闪的荧光中

出现一张惶惑的面孔

却是我不认识的人

一件褪色的风衣

一双露出脚趾的皮鞋

守着一堆打不开的行李

……

或者什么也看不见

空空荡荡的镜子

面对一个陌生的照镜者

茫然失措

相对无语

我在哪里呢

我在哪里

2015年1月9日

重叠

世界总是重叠

重重叠叠

重重叠叠

往外看

窗外有窗

门外有门

山外有山

天外有天

往里看

瞳仁里还有瞳仁

嘴里还有嘴

心里还有心

灵魂里还有灵魂

如何走出重叠

破解重叠之锁

先往里走

再往外走

睁开瞳仁里的瞳仁

启动心里的心

放飞灵魂里的灵魂

推开窗外的窗

打开门外的门

登临山外的山

眺望天外的天

不重叠的世界

四通八达

也许是自由的世界

2015 年 1 月 13 日凌晨梦中所得，晨起记之

手机和网

大街上匆匆行走的人群

人人掌中都握着一部手机

不管是少女还是老妇

都在对手机说话

连孩子也加入这喋喋不休的大军

有人眉飞色舞大声喧哗

有人面带神秘悄悄低语

看样子都在自说自话

手机的另一端

必然有一个同样热情的对话者

我站在路口忽发奇想

假如通话的手机之间

出现一根有形的线

世界将会显示何种景象

亿万条热线在空中穿梭

短的也许百十米

长的也许千万里

它们在天空交叉纠缠

编织成一张巨大的网

覆盖了城市和乡村

笼罩了整个地球

这张大网是彩色的

因为每条线都有自己的色调

不同的通话呈现不同的颜色

粉红，是那些爱情缠绵的倾吐

淡蓝，是那些青春热情的宣泄

黄色，是那些无聊的家长里短

褐色，是老人凄凉无奈的泣诉

灰色，是生意人的讨价还价

黑色，是政客们的尔虞我诈

我面前的世界

就是一张色彩混杂的恢恢大网

面对这张幻想中的大网

我继续着荒诞奇想

假如在某一个瞬间

全世界的手机突然断电

所有的信号都同时消失

握着手机的芸芸众生

该如何惊叫着抓狂

错愕失望惘然焦灼的表情

如斑斓野花遍地开放

而此时，那张笼罩天地的大网

消失得无踪无影

我期待

喧嚣慌乱后的沉寂

世界也许就回到原来的样子

天花乱坠的大网

落在安静的大地上

融化在沉思的人群中

不该中断的，即便相距万里

仍然心有灵犀

本该断绝的，哪怕近在咫尺

也远隔天涯深渊

2015 年 1 月 18 日

路上的爱虫

两只小小的黑色昆虫

从草丛和灌木中飞出来

邂逅在空旷的水泥路面

收敛了飞翔的翅膀

却跳起爱之舞蹈

这里没有蚂蚁和蚯蚓的烦扰

没有落叶和草茎的羁绊

多么平坦的爱床

在草丛中压抑的激情突然释放

仿佛释放隐藏了一世的欲望

翅膀拍击着翅膀

须眉纠缠着须眉

颤抖着,战栗着,翻滚着

肢体在缠绕中分不清你我

风中似乎飞扬着它们的欢叫

回旋着它们忘情的呻吟

此时，一辆巨大的卡车

从前方轰隆隆驶来

宽厚的轮胎碾着路面

而两只小爱虫

依然沉浸在它们的激情中

浑然不觉这即将来临的灾难

……

发丝

我的头发

曾是柔软的青丝

是阳光下飘动的瀑布

折射天边的彩虹

是风中蓬勃的青草

飘舞着向大地招手

黑，融蓄着

生命中所有的颜色

黑，是告别了白天

却又顽强追赶早晨的夜

黑发成长的过程

使所有的漫长都变成

短促

什么时候

黑变成了白

白如烟灰，白如残雪

白得如此粗糙空洞

像穿过冰山的一声叹息

那丝丝缕缕

依稀还在我的头顶

尽管日渐稀疏

风吹来，依然会飘拂

风说：你的土地还在

我吹不断你

2015年1月

指纹

我留在世界上的

除了四处行走的脚印

还有那些看不见的指纹

所有我触摸过的地方

都留下它们隐秘的痕迹

母亲的乳房

父亲的肩膀

恋人的面颊

儿子的小手

棉衣、麻布、丝绸

被寒风撩动的衣襟

被冷雨淋湿的帽檐

碗筷，杯盏，茶壶

笔墨，书页，算珠

笛孔，旗杆，琴键

曲折楼梯的扶栏

被遗弃的伞柄和拐棍

形形色色的钥匙

数不清的门把手

……

米糕，浆果，瓜菜

我咀嚼它们

也嚼碎了我的指纹

我留下它们

又消灭它们

指纹无数次经过食道

进入我辘辘饥肠

和我的身体融为一体

我的指纹

也曾留在露水晶莹的地方

那些初绽的蓓蕾

那些羞涩的花瓣和草丝

捕获又放生的蝴蝶

用斑斓的翅膀印着我的指纹

满天飞翔

2015 年 1 月

指甲

我不想追究

它们在多少地方留下抓痕

也不想探寻

它们划过的地方有什么变故

只是纳闷

为什么无数次剪伐

无法阻止它们的生长

如原上草,枝头叶

也如我生生不息的黑发

它们是柔软中的坚硬

是粗粝中的柔韧

假如此生从未对它们剪伐

它们会是何种模样

我若是静坐的隐者

它们变成长长的藤蔓

束缚我的手脚

缠绕我的身体

把我捆在无人知晓的角落

世界被我的指甲笼罩

暗无天日

……

我若是跋山涉水的行者

它们却不会变成镣铐

成为我前行的障碍

路上的藤蔓和荆棘

攀登的岩石和崖壁

会磨削它们

抓痕和指甲一起

留在了所有我走过的地方

……

可我还是要

用剪刀和它们接吻

还不时欣赏

它们被剪伐后的模样

剪伐它们

竟然是文明的代价

是祖先走出丛林的结果

2015 年 1 月

梦的颜色

梦境转瞬即逝

留在记忆中

只是斑斓残片

我的梦境有时五光十色

比现实世界

更加鲜艳夺目

有的梦只有黑白二色

犹如一百年前

陈旧的老电影

在彩色的梦里

我飘游,我飞舞

伴随我的是翅膀

是云霞,是繁花

色彩的旋风八面扑来

带着音乐和芳香

把我裹挟

犹如酒后微醺的感觉

迷蒙的视野中

世界千孔百疮

每一个孔穴

都流溢出耀眼的彩色

……

在黑白的梦里

我奔走,我挣扎

出现在周围的

是危岩,是深壑

是凶险的急流漩涡

还有死者来访

相对无言

只有黑白的静默

醒来常常精疲力竭

惺忪的眼角画着泪痕

身边可触摸的世界

一时也失去了颜色

……

可我却无法知道

梦中的喜悦和忧伤

从什么地方涌出

彩色梦和黑白梦

有时会互相对抗

把我夹在中间

此时梦境

便成为一片混沌的灰色

2015年2月1日

预感

闪电划破幽暗的梦

睁开眼

天光已在窗口闪动

梦的残片

花瓣般飘散

斑斓如蝶

轻盈如风

瞳仁的愉悦

只是瞬间

目光突然被碰撞

撞见一只猫的凝视

猫在屋顶上俯瞰我

绿眼灼灼如火星

飞翔的身体突然失重

闪电在沉寂中

定格

2015年2月9日

声带

我的声带

曾经纯亮如琴弦

一滴露水的触动

也能拨出曼妙清音

曾以为声带就是用来唱歌

世间的任何气息

都会使声带颤动

人人都可能是作曲家

声带追随着天籁

被拨出变幻无穷的和弦

却也有沉寂的时刻

在弥漫天地的喧嚣中

我的声带一度涩哑

自己的声音

被囚禁在无法看见的地方

近在咫尺,却远隔天涯

当周围被死亡的静穆笼罩

我的声带为何忍不住颤动

痛彻心扉的呼喊

让声带颤抖到撕裂

沉默的世界

却留不下一丝回声

2015年2月13日

泪腺

神秘的分泌

把感情转化成液体

一次又一次

湿润了我的眼睛

悲伤和欢悦

汇集成一色的晶莹

淹没我的瞳仁

让视野一片模糊

我的泪腺曾经发达

因为迎面而来的风沙

因为洞穿肺腑的流弹

还有那些突降的惊喜

那些无法抗拒的生离死别

泪水早已挥发成空气

泪腺却并没有因此萎缩

泪珠流过的痕迹

如辐射的叶脉

集合起记忆的碎片

复原成一张

不枯的海棠叶

2015年2月17日

遗物

一个又一个亲爱的生命

和我永别

温暖的身体发凉成冰

最后化成炽热的轻烟

在天空消散

他们留给我的

只是几张纸片

或者是一块织物

一个空的盒子

这些不会说话的遗物

早已失去主人的体温

冷静而肃穆

检索着我的记忆

纸片上有死者的字迹

在泪眼的凝视下

每一个字都在活动

发出细微亲切的声音

把我拽回到过去的时光

坐在月下

走在田野

航行在海上

跋涉在异国他乡

……

这时，冰冷的遗物

便有了温度

织物会变成飞毯

载我在岁月的河面

逆流而上

空空的盒子里

顿时珠宝丰盈

迷眩了我湿润的目光

2015 年 2 月 19 日

期待

我静静地期待

熄灭的灯突然发亮

沉寂的锁孔里

响起钥匙转动的声响

低垂的窗帘被风吹动

陌生的楼梯上

闪过熟悉的人影

……

我期待

驱散幽暗的

不是汽笛喧嚣

不是嘶哑疲惫的喘息

也不是闹钟惊叫

而是一声鸡鸣

单纯,清澈

如婴儿啼哭

牵出血红的霞

花瓣一样漫天飞扬

……

我无法

期待我的期待

静寂中，听到

飞鸟凄厉的歌唱

抬头寻觅

空中已经没有

翅膀的踪迹

……

2015年2月22日

访问梦境的故人

1

离开人世二十多年的父亲

突然出现在我的梦中

没有预约,没有敲门

安静地站在我的面前

脸上还是含着当年的微笑

只是目光有一点凝重

我惊奇得大声呼叫

嘴里却发不出任何声音

我向父亲伸出双臂

他却微笑着退后

在我的记忆里

没有父亲的怒容

即便是哀愁和忧伤

也温和得像一抹轻云

谁说梦境和现实相悖

访问梦境的父亲

和生前一样笑着看我

我希望这梦境定格

窗外一声车笛长鸣

无情地把我惊醒

2

我从不害怕

死者成为我梦境的访客

他们常常不请自来

让我一时分不清

生和死的界限

只是很难和他们说话

也无法和他们交往

就像无声的黑白电影

在冥冥之中播放

白天苦苦思念的故人

梦中却难得看见他们

晚上入睡前默祷

来吧，来访问我的梦境

我想见见你们

梦中的门吱呀一声打开

进来的却是我不认识的人

有的甚至从未谋面

其中有书中遇到的人物

有只听说名字的陌生人

也有长衫飘拂的古人

也有西装革履的外国人

3

一天晚上，长梦不醒

前半程蒙眬混沌如在雾里

后半段清晰明白如在月光下

一个只穿着裤衩的男孩

大睁着黑亮的眼睛

迎面向我走过来

瘦骨嶙峋的身体荧光闪烁

头顶上盘旋着一群飞虫

像牵着一只嗡嗡叫的风筝

他走过我身边侧目而望

黑眼睛里

滚出两滴晶亮的泪珠

他颤动的嘴唇分明在问

你，是不是还认识我

我认识你，我认识你

记忆在梦中也会被唤醒

那是梦中的梦

是飞越时空的真实

又回到那个童年的夏日

你静静地躺在河岸的水洼中

河水刚刚吞噬你年幼的生命

午后斜阳照着你赤裸的身体

你的年龄和我相仿

却让我第一次见识了死亡

死神在水中随手把你带走

把你变成一具无人认领的尸体

在阳光下，被人围观

一只苍蝇停在你的睫毛上

你却不眨一眨眼睛

4

梦究竟是什么

是人生的另一条轨道

是生命的另一个舞台

是现实变形的幻觉

是缥缈的灵光一现

是神秘的暗示

是命运的预演

是先人的咒语

是未来的试探

还是生和死在夜幕中

撞击出稍纵即逝的闪电

我也曾经梦见过死神

那是一个面目不清的阴影

在幽暗中抛撒着一张黑色大网

那是混混沌沌中一个亮点

在遥远的地方闪闪烁烁

那是一片开满罂粟的花园

奢侈地飘荡着艳丽的异香

那是一只长着长长指甲的手

突然在你的面前招摇

那是一辆飞驰的马车

载着你冲下无底深渊

2015 年 2 月 25 日

联想

握着手中的铅笔

想起了变成铅笔的那棵树

那棵被砍伐的大树

一定还记得森林吧

记得森林里万类生灵的喧哗

喝着碗里微咸的汤

想起了被汤溶化的盐

那些沙石一般的盐粒

大概还记得蓝色的大海吧

记得海里汹涌的浪涛和自由的鱼群

看着窗玻璃上千姿百态的冰花

想起了一夜呼啸的北风

在黑暗中四处奔走的寒风

想不到它粗犷的拜访

竟会在这里留下如此精致的脚印

望着远处天空飘舞的风筝

想起了大地上奔跑的孩子

那个欢呼着放飞风筝的孩子

想不到他手中那根细细的长线

正把一个白头人拽回童年

摸着胸前的丝巾

想起了在桑树上吐丝的蚕

那些作茧自缚的蚕

曾经有过破茧飞翔的梦想

却不料被无情的沸水煎煮

听着一首凄婉的歌

想起了自弹自唱的歌者

那个忧伤孤单的歌者

曾经历尽人间的苦难和沧桑

却把辛酸化成了一缕温情

2015年2月27日

箫

我是一管洞箫

身上有八个孔

我的体内蕴藏无数音符

我的前身

在幽谷山野

让澄澈的流水

倒映我迎风摇曳的绿影

等待你的嘴唇

等待你温柔而激越的气息

穿越我的身体

来吧，你的温暖的指肚

逐一抚摸我的洞孔

犹如蜜蜂寻觅花蕊

你的气息

在我的体内迂回

在每一个洞口徘徊撞击

变成一瓣新叶

一朵蓓蕾

一缕香气

一滴眼泪

此时,我仿佛复原成

那枝羞涩的幽竹

在八面来风中

柔情万种地

摇曳,舞蹈,呻吟

……

2015年3月20日

肺叶

我的肺叶一张一翕

每分每秒都在呼吸

天地间流动的空气

空气无形却也有形

它妩媚过沉静过

也曾经喧嚣狂奔

发出撼动灵魂的回声

年轻时我的肺叶

像一棵绿色树苗

尽管生长在艰困之中

饥馑和孤独形影不离

肺叶却总是呼吸

清洁新鲜的空气

我没有学会抽烟

肺叶也因此免遭

尼古丁的威胁

如今鬓发染霜

再不为柴米忧心

肺叶却因为雾霾发愁

一只薄薄的口罩

怎能过滤无孔不入的

微尘

2015 年 3 月 21 日

夜莺的歌唱

蛤蟆的鼓噪

还有人间的所有响动

不管来自远方

还是近在咫尺

都会在我的耳膜

引起或强或弱的共振

耳膜毗邻大脑

大脑因耳膜的颤动而颤动

耳膜也连着

遥远的心脏

耳膜被振动时

心脏也常常怦怦怦跳个不停

因为,世上的声音

都预兆着未来

都蕴含着感情

相同的声音

在不同的耳膜上

耳膜

耳朵是脸面的装饰

不管招风如蒲扇

还是小巧如铜钱

两圈独特的耳轮

把脸面衬托得别于他人

更神奇的是耳膜

它躲在耳朵里面

犹如耳廓的囚犯

永不见天日

却感知着来自天地间

所有的声息

耳膜振动

源于周围的声音

雷鸣风暴的咆哮

蚊子苍蝇的嗡嗡

回荡出不同的回声

有人闻之微笑

有人却涕泪交加

其中奥秘

谁能够说清

2015年3月21日

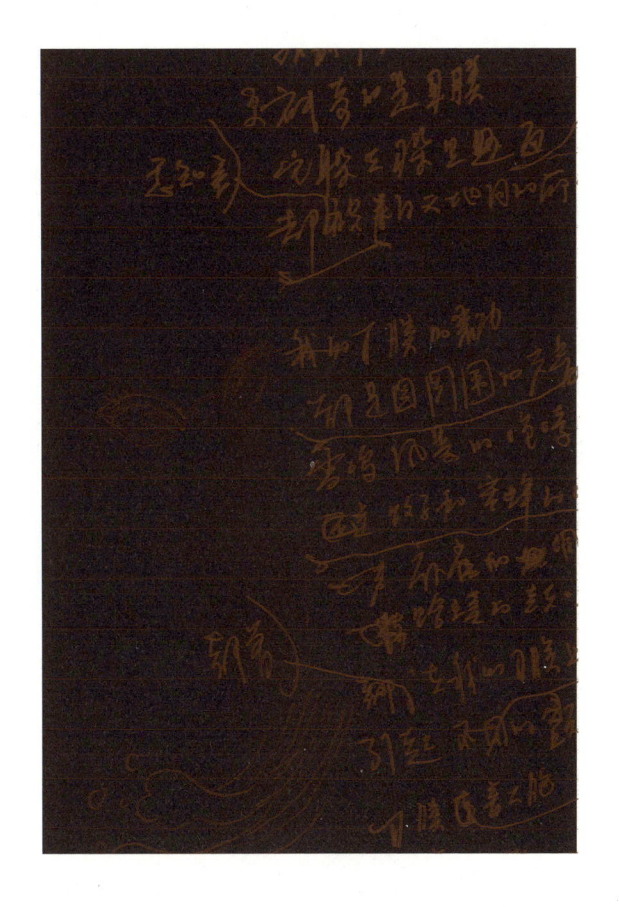

眼睑

岁月的风尘

吹落了我每一根睫毛

我的眼睑已不受保护

对着岁月那庞大的身躯

我睁开没有睫毛的眼睑

岁月在我的凝视下

宽衣解带

我看见它身上那道裂痕

那道深不可测的鸿沟

幽暗中

闪烁着白骨的幽光

惊慌的飞蛾从沟痕里飞出

羽翼扇起微风

直入我的眼睑

2015年3月25日

永恒

每一个瞬间

都是不会复返的永恒

每一次目光相遇

每一次擦肩而过

每一次无意的停留

每一次茫然的冲刺

每一滴无声流淌的眼泪

每一丝掠过唇角的微笑

都是永恒

都是永恒

你想捕捉

身边的光和声音

那突如其来的印象

已经飘然飞逝

每一道闪电

每一缕微风

每一声叹息

每一记钟声

每一阵飞过天空的鸟鸣

每一阵门窗开阖的回响

都是永恒

都是永恒

2015年3月29日

我的影子

如果你问

最忠实的朋友是谁

我的回答

是自己的影子

影子永远跟着我

不管是贫是富

不管是悲是喜

不管是在繁华之地

还是在荒凉的沙漠

无论走到什么地方

影子总是黏在我脚下

不离不弃

据说人鬼之间的区分

就看身下是否有影

人有影子相随

鬼总是孑然一身

影子长得什么样

我却说不清楚

有时他会变成巨人

映衬着我的渺小

有时他也会变得很小

小得就像是我的鞋底

我背着亮光行走时

影子在我面前晃动

我迎着光明奔跑时

就看不见他的踪迹

我在黑暗中寻觅时

影子便悄悄逃遁

只要找到一线微光

也就找回了自己的影子

是的，我最不熟悉的

其实也是自己的影子

我的影子

你会悲伤吗

你会思想吗

你会不会对我微笑

会不会和我一起流泪

影子永远沉默着

沉默得让我哑口无言

如果这个世界人鬼不分

还好有影子

我会避开那些无影之鬼

只和有影子的人交往

影子也会以他的沉默

在浮光掠影中提醒我

你是人

就要像人的样子

2015年4月5日

逆旅在岁月之河

昔日时光逆向而来

拂动我鬓边白发

往回走,往回走

看身畔景色奇异盘旋

盘旋在天的飞鸟

纷纷落进林梢

丰满的羽翼瞬间脱落

脱落成黄嘴幼雏

拍动无毛的肉翅

嗷嗷待哺

鸣声未散

又隐身于几枚彩蛋

静卧在草编的巢穴

巢穴四散飘离大树

枯枝败叶如蝴蝶

绕树飞舞翩跹

绿叶舌头般缩回树枝

树枝手臂般缩进树干

树干被大地回收

树冠上浓荫飞散

大树缩成刚出土的幼苗

幼苗又缩成一粒种子

在风中悠悠飘落

飘落在地上的种子

被过路的行人捡起

行色匆匆的路人

一个个变成魔术师

老人的头发由白而黑

脸上的皱纹闪电般消失

蹒跚的脚步走向轻盈

混浊的目光回归清澈

老汉走着变成了少男

老妇走着变成了少女

少男少女跑着变成了婴儿

婴儿的哭声惊天动地

天地在婴啼中一场惊梦

惊梦如瑰丽的科幻巨片

化万年冰川为脉脉春水

推碧翠桑田为浩瀚沧海

洪波翻卷退却向天的尽头

枯涸的海底隆起绵延峰峦

高山缓缓开裂崩塌成旷野

旷野又沉没在汹涌的潮汐

潮汐漫漫席卷无边的森林

森林叹息着变幻成草地起伏

绿草中只见一道清溪蜿蜒

清溪中游来一尾小鱼

小鱼说：我是你的祖先

2015年1月初稿，4月7日改定

一道光

在一间没有门窗的屋子里

漏进来一道光

劈开黑暗

亮在墨色的虚无中

你好啊,光

你的晶莹

使无形的空气有了质量

你垂直在黑暗中

成了一根耀眼剔透的柱子

像是燃烧的水晶

又像是寒冷的冰

你通向自由吗

通向可以展开翅膀的天空吗

你晶莹地沉默着

仿佛在用你的光诱问

为什么不来试试

抓住我，攀登我

沿着我逃离黑暗

自由和囚禁

只隔着一层薄薄的铁皮

我伸出手去

在虚无的光柱中

发现自己失血的手掌

竟然被照得通红

残存的血液

流在红色的透明中

和光柱融为一体

那一道无法抓住的冷光

顿时变得温暖

如电流传遍我的身心

你好啊，光

请引领我穿越封闭的屋顶

去拥抱外面的世界

我闭上眼睛

托举着那一道虚无的光

黑暗竟哗啦啦溃散

那溃散的声音

化成万道亮光

仿佛汇合了全宇宙的闪电

从四面八方射过来

穿越黑暗的喧哗

静默，却辉煌而耀眼

静默中

我也变成了一道光

2015 年 4 月

听春风跟随寒冬

静默，静默，静默

……

当世界轰然显身时

我又变成一个稚童

面对着汹涌的清流

囊中空空如洗

所有的沉积和蓄藏

都已倾弃

回到蒙昧的时光吧

我可以重新打量世界

也让世界慢慢认识我

2015 年 5 月

时间之箭

从虚无的暗黑中

不可阻挡地射过来

呼啸伴陪着

沉默

飞驰紧随着

凝滞

天地间一切

都被它射穿

冰山变春水

森林变苗圃

人间的衰荣悲欢

被射成碎片

漫天飞舞

如落叶追着秋风

耳畔呼呼有声

光斑飞动

由远而近

掠过眼帘时

以为能将它们捕捉

却一闪而过

遥远成天边的寒星

2015 年 5 月

疼痛

无须利刃割戳

不用棍棒击打

那些疼痛的瞬间

如闪电划过夜空

尖利的刺激直锥心肺

却看不见一滴血

甚至找不到半丝微痕

说不清何处受伤

却痛彻每一寸肌肤

从裸露的脸面

一直到隐蔽的脏腑

……

有时一阵清风掠过

也会刺痛骨髓

有时被一双眼睛凝视

也会如焊火灼烤

有时轻轻一声追问

也会像芒刺在背

……

我时常被疼痛袭扰

却并不因此恐惧

生者如此脆弱

可悲的是生命的麻木

如果消失了疼痛的感觉

那还不如一段枯枝

一块冰冻的岩石

即便是一棵芒草

被狂风折断也会流泪

即便是一枝芦苇

被暴雨蹂躏也会呻吟

2015 年 6 月 5 日

僭越

鱼在天花板上游动

风筝在浴缸里翻跹

帆船在山坡上飘行

雪花在火焰中舞蹈

鲜艳的婚床上

回荡着藏獒的咆哮

婴儿的摇篮里

晃荡着混浊的老花眼镜

老鼠躲进了猫窝

麻雀占据了鹰巢

……

非分的侵占

无法成为永恒

即便你有一万把钥匙

打不开

那扇不属于你的房门

假如越窗而入

找不到立锥之地

地板如针毡

刺戳着惊惶的脚底

跳跃吧，奔跑吧

直到你筋疲力尽

……

竹篮盛不住水

网袋兜不住风

陌生的视线

射不穿

层层设防的心

2015 年 6 月 17 日

移植

抓住茎叶

拔出须根

从最初的生穴

移到陌生之地

把远古的胚芽

移植进现代头脑

萌发出茂密的枝叶

繁繁复复

轰轰烈烈

如观音的一千只手

蝙蝠的一万对翅膀

向天空招摇伸展

人间的欲念

喷绽成奇幻之花

暗黑的蕊

晶莹的瓣

花气中交织着神秘呼吸

陈腐的幽馨

辛苦的芳菲

压抑千古的沉香

在视线和嗅觉的天地里

爆炸

落定的尘埃中

绽开一朵迟放的蓓蕾

花如人面

含着诡异的笑

招来蜂蝶萦绕

却不见一叶轻羽降落

只闻一声叹息

唉，你不是

你不是今日之花

2015 年 6 月

琴键

沉思默想时

双手合抱于前胸

我用手指

抚摸自己的肋骨

肋骨变成了琴键

回应手指的触碰

右手在左肋跳跃

左手在右肋移动

找不到旋律的轨迹

却砰然有声

弹奏属于我的奏鸣曲

心跳和呼吸

应和着肋间的节拍

五脏六腑都在回响

听肺叶翕动

闻肝胆相照

我的并不灵巧的手指

在肋下轻轻颤动

奏出只有我自己

能听到的音乐

恐惧的颤抖

瞬间的窒息

无端的剧痛

饥饿的哮喘

所有欢乐和悲伤的音符

都藏在我的肋骨下面

岁月的流沙

无法将它们湮没

音乐家的梦想

潜隐于我的身心

渴望的手指

在琴键上轻移

眼前是一片黑白世界

2015 年 6 月

我想忘记

我想忘记

那个受伤的夜晚

碎裂的月光和血

却黏住记忆的神经

在我的肉体中

隐隐作痛

我想忘记

那场突如其来的洪水

急流在轰鸣中

渐渐凝冻

我是定格在水声中

一个发不出响声的音符

我想忘记

那个令我迷醉的声音

坠落的钟继续坠落

时光流逝如弦

颤动在我的每一寸

时空

2015 年 6 月

晨昏的交汇

黎明和黑夜

邂逅在一个神奇瞬间

是打破幽寂的第一声鸡鸣

是刺穿黑幕的第一缕微曦

是闪烁的晨星

在夜湖里溅起那一片涟漪

梦境突然短路

光芒缩回到出发地

夜风中颤抖着昙花的蓓蕾

残梦如河蚌张开贝壳

夜光隐约

珠泪盈盈

暗,曾经抹黑世界

也引发了对光的追想

暗中假设的亮色

可以烛照天地间极致的幽黑

光与暗

此消彼长

光,出现在天边

不慌不忙

却瞬息万变

天地间所有的色彩

一一显形于它的抚摸

被遗漏的只有黑暗

黑暗却依然活着

活在光芒万丈的天地间

如果不信

请你闭上眼睛

2015 年 10 月 18 日

想起死亡

想起死亡

眼前一片静谧

一朵白色的花

悄然怒放在黑暗里

一朵黑色的花

寂寂绽开在白色中

来不及回顾生的旅程

往事如流星

从夜空一闪而过

炫目,却那么短促

耳畔汹涌的人声

飘落成漫天飞雪

飞舞于寂静的灰暗

又在耀眼的日光里

融化

融化

消失了踪影

却无一遗漏

渗入大地的裂纹

想起死亡

心里涌起一丝神秘的甜蜜

过去的滋味

无论苦涩的酸楚

还是辛辣的遗恨

都会随之而去

昔日和未来

在我眼前奇妙地交糅

竟然分不清彼此

生命如转盘

旋转

旋转

转过多少阴晴雨雪

转过蒺藜的羁绊

转过雾霾和裂纹

转过强颜欢笑的厅堂

转过广场和囚笼

此刻，转入

真正的自由

想到死亡

竟然有一种期盼

那些生离死别

从此都成为过去

那些远去的亲人和朋友

会回过头来等我

冥冥之中有无数丝线

虽然看不见

却系连着思念中所有一切

以为这些丝线已断

断成飘散的尘埃

此时却发觉线线连接

结束和重生

在这里会合

也许这就是生命

一次全然不同的开始

云彩飘散

星光溅落

灯暗

幕落

黑花白花

同时开放

在黑暗中

在光影里

2015 年 11 月 20 日

风暴

咫尺之间

似乎触手可及

可我从来没有

拉到过你的手

在心里喊了你多少年

如一丝叹息

大声的叫喊

像岩石崩裂

你是那么近

却又那么远

明明就在眼前

突然就杳无影迹

从天的另一边

有时会传来你

断断续续的呼吸

还有你的心跳

像雨珠滴在草叶上

鸟在云端飞

……

那么缥缈地传过来

我却听得清晰

沉静中的微飓

在我一个人的天地中

悄然聚变成风暴

2015 年 11 月 21 日

迷路

我迷路了，迷路

怎么就找不到家门

我迷路了，迷路

……

梦中听见父亲的呼叫

一声声，焦灼而惶恐

醒来发现身在墓地

碑石林立

一模一样的墓穴

花岗岩，方方正正

像是倒了一地的多米诺骨牌

静穆，无奈

再找不到最初的推力

……

当年种下的雏松

已齐过我的额头

那正是父亲的身高

松枝在风中摇动

每一根松针

都举着一颗露珠

流不完晶莹的眼泪

……

星光夜夜来访

晚风拍打着

每一扇紧闭的石门

踱步者飘来飘去

如黑白的棋子

在棋盘方格里来回穿行

路很窄，很直

却还是让你迷了路

……

你在哪里，父亲

你一定不喜欢那个逼仄的石室

不喜欢那里的阴黑

所以才出来到处游荡

儿时我每次迷路

都是你找到了我

你怎么会迷路呢，父亲

……

生前被关在小屋里

你说，来生要住宽敞的屋子

你曾经化成轻烟

在天空自由飘荡

可最后却被送到这里

比生前更狭窄

还伴着无数陌生人

……

我迷路了，迷路

父亲的声音远了又近

我迷路了，迷路

墓园那么大那么深

分不清何处是梦的尽头

一次又一次醒来

枕边印着冰凉的泪痕

……

2015 年深秋

飞

曾经飞过无数次

在不同的时刻

怀着不同的心思

翅膀从心里长出来

几乎随心所欲

时而羽毛丰满

时而轻薄如纸

飞成雄鹰

越过积雪的峻峰

大地是我眼底风景

飞成海鸥

掠过汹涌波涛

潮声撼动我年轻的魂灵

飞成燕子

栖落于炊烟缭绕的屋檐

欣赏人间的嘈杂和温馨

飞成蜜蜂

追逐漫山遍野的花蕊

品尝自然的甜蜜和芳馨

也曾飞成苍蝇

盘旋于腐朽的囚笼

在污浊和膻腥里落魄失魂

长不出翅膀也能飞

飞成云彩

从高天俯瞰地下的蝼蚁

飞成风

去抚摸思念中的一切景物

也会飞成烟

飘然旋舞

无从着落

……

2015 年 11 月

潜泳

常常幻想

变成一条鱼

这是有渊源的意象

祖先的祖先的祖先的

祖先的祖先的祖先的

祖先……

就曾经是一条鱼

潜到水下去

向往被激流包裹

让清凉和澄澈

在周围涌动穿梭

我抚弄水

水按摩我

四肢如鳍如翅

双脚如尾如舵

睁大眼睛

看水波中光影斑驳

目标在朦胧之处

只是不敢呼吸

不敢张开嘴

屏气使我膨胀

从水底飞向天空

想变成一条飞鱼

却还是回落在水里

沉重而笨拙

头顶上浪花四溅

四肢挥舞

却被流水阻挡

去拥抱

祖先的祖先的

祖先的祖先的

祖先……

2015 年 11 月

同时走进三个空间

抬脚跨过一个门槛

却走进三个不同的空间

身体走进一个空间

周围的一切皆可触摸

地上的板条

墙上的画框

天花板上晃荡的吊灯

空气里的油漆味

……

灵魂却进入另一个空间

那是逝去的时光飘浮

模糊的表情

遥远的回声

曾经发生在门里的

死死生生

……

思绪同时飘进又一个空间

那是属于未来的隐秘

斑驳光影中

潜藏着陌生的窥视

每个角落里

都可能爆发奇迹

……

走进一扇门

感受三个不同的空间

身体在物理气息中移动

心魂在遐思中自由翩跹

狭小的屋子

变得辽阔幽深

……

2015 年 12 月

文字

厮混了一辈子

是最熟悉的朋友

也是最疏离的陌生人

默默念叨着你们

成群结队从我面前走过

如将军点兵

如农夫数粟

也如蒙昧的孩童

好奇地面对一天繁星

是七彩丝线

织成绚烂的锦缎

也是一团乱麻

搅成迷宫

散落在荒野中

是自由的流浪者

隐藏在词典里

是神秘的侠客

相同的面孔

却可以变幻出

无穷无尽的表情

是一盘散沙

却能将岁月凝固

是遍地乱石

却能铺筑道路

通向辽阔的远方

也通向幽谧的去处

2015 年 12 月

梦中去了哪里

梦境犹如子宫

孕育着无法预测的胎儿

每个瞬间都在变脸

梦见荒凉的岛屿时

汹涌而来的潮汐和礁岩

瞬时变成了森林和楼群

灯火霓虹明明灭灭

闪电在夜幕结网

流星凝结成窗上的冰花

梦见明艳的天国时

飘翔在空中的天使

突然化作黑色蝶蛾

扑动的翅膀覆盖星月

乌云翻滚

包裹着一轮燃烧的夕阳

做梦好像是坐地铁

从一个光点出发

穿过漫长的黑暗

进入灯火通亮的车站

接踵而来的

又是迢迢无尽的黑暗

……

醒来时

眼前常有天光闪动

耳畔响起

刺破幽暗的诘问

你在梦中去了哪里

为什么

我总是无言以对

2015 年 12 月

脊梁

挺直，挺直，挺直

我的情不自禁弯曲的脊梁

当年负重远行

扁担磨碎了肩膀上的皮肉

压抑的呻吟直冲云天

颤抖弯曲的是脚下的大地

我的脊梁总是挺得很直

行旅中没有下跪的记忆

尽管时常低着沉重的脑袋

站立和行走时

脊梁是直的

就像客厅里那根沉默的立柱

像老父亲那根红木拐杖

为什么如今会俯下身子

连带弯曲了垂直的脊梁

是大地的引力如此强大

还是衰老从地下伸出手臂

拉扯我，拥抱我

把我拽往坟墓的方向

挺直，挺直，挺直

我还在站着行走啊

实在倦困

可以仰面朝天躺下

让坚实的大地

抚摸我疲惫的身体

撑直我弯曲的脊梁

此时，仰望天空

看一只鸟在我头顶

拍动着翅膀

挺直，挺直，挺直

我的还没有折断的脊梁

2014 年 12 月

舌

味蕾

隐藏在舌尖

我不知它们的形态

却依赖它们的敏感

尝遍了人间苦辣酸甜

舌根

连接着声带

我说的每一句话

每一个词汇

每一声叹息

都被它牵动

我用它舔舐

用它品味

用它接吻

用它的千丝万缕

春

变暖的岁月里
人们的笑脸和春天
一起出现——一起开放

花香
鸟语

春天说话
百花开了就笑

我喜欢的春天
却悄悄地走了

春天悄悄走了
我记忆的每一刻
每一个词汇
每一寸肌肤
都感到它的
温柔

春天光秃秃的树枝
开了花
开了桔红
开了鹅黄的花
春日是春日
冬日是冬日
夏日秋日都汇在
它的胸怀

春天来了
新的生命诞生
春天生了蛋
春天孵化了爱

连接着食色性

可是我却无法回答

它的疑问——

生在嘴里

到底是为了什么

是为了品尝

是为了说话

还是为了情爱

2014 年 12 月

脚掌和路

每一次和大地的接触

都是一条路的开端

我用脚掌丈量大地

寻找通向妙境的门槛

山的崎岖

水的湍急

岩石的嶙峋

沼泽的泥泞

都曾和我的脚掌厮磨

我走过的每一步

都在大地上留下脚印

那是我生命的光芒

向着远方辐射

大地回赠我的纪念

是脚底的茧花

还有脚跟上

那些粗糙的裂痕

我用脚掌叩问大地

130

给菜老的爸妈打电话
告诉他,我会像往常一样
每天八杯水花花的柠檬
多陪陪说话
多唱唱她的歌者最爱
就是,就是
记下他们爱啰嗦的事情
然后名副其实的长大
还有名做事
辞中日历上又加
看隆后,放在床
梦幻顺止在十点家

2013年7月7日

名牌，金表，名牌车
或不在乎谁的领和腔
却也随着芸芸新潮
那苍白说却没有几次的亲吻

妈妈，妈妈

我笑，我哭，我欢且
我喊，我唱，我沉默
在深圳回家的时候
我想着我回一次

为什么

妈妈，妈妈

你时能够感觉我的心冷
你时看见我发烫的脸儿
你时听见我心灵的呼唤
在我难受的时候
也有人在惦记着

妈妈，妈妈

终点

终点是冬的
我想家,家在远着
啊路起伏不平的大地
尖锐吞噬飞翔的天空
睁开眼睛
看见田野绽放的大花布
这有被风吹动的褶皱布

终点,就是
甘甜所扎深的根须承受
天上的雨水
地下的河水
困厄无关痛痒
卫生间水龙喷涌

终点,就是
多情,多样,多生命

终点

浅谈电并申报的通用配管和义图框的传为市场备

2014年12月

127 —— paLu

我的座椅

木质凹凸，纹路沉静

椅背无声按摩我的脊背

面前是一台电脑

显示屏上正闪烁现代光影

电流裹挟着声色犬马

文字在变幻跳跃飞行

……

关上电脑，转过身来

抚摸椅背上的木纹

突然感觉凉风扑面

座椅仿佛变成树桩

椅背上嫩芽萌动

青枝蔓延，碧叶丛生

普普通通的木质座椅

瞬间就长成一棵大树

将我笼罩于葳蕤绿荫

……

被键盘麻木的手指上

一圈，一圈，又一圈

扩展着大树古老年轮

我的身体在这扩展中缩小

心，却被新生绿荫羽化

羽化成自由的夜莺

拍拍翅膀，亮开歌喉

飞向幽远广袤的山林

……

2009 年 3 月 21 日

痛苦是基石

欢乐是外壳

痛苦才是本质

欢乐是水汽云烟

痛苦才是江海洪波

在痛苦中寻求欢乐

像在收割后的田野里

拾取遗谷

在痛苦中寻求欢乐

像在积雪覆盖的峡谷中

采撷花朵

学一学打夯人吧

把痛苦当作沉重的基石

夯，夯，把痛苦夯入心底

深深地，深深地

是的，痛苦是基石

有它，才可能建筑欢乐的楼阁

1982 年秋日